CHERS AMIS RONGEURS, BIENVENUE DANS LE MONDE DE

Geronimo Stilton

L´ÉCHO DU RONGEUR
RÉDACTION

GERONIMO
STILTON

Texte de Geronimo Stilton.
*Sur une idée originale d'*Elisabetta Dami.
Collaboration éditoriale de Sara Carrino.
Coordination des textes de Margherita Banal / *Atlantyca S.p.A.*
Coordination éditoriale de Patrizia Puricelli.
*Édition d'*Alessandra Rossi.
Couverture de Giuseppe Facciotto *(dessins) et* Christian Aliprandi *(couleurs).*
*Conception graphique d'*Alice Iuri / *the*World*of*DOT.
Illustrations intérieures de Giuseppe Facciotto *(dessins)*, Carolina Livio *(encrage)*, Daria Cerchi *et* Valeria Cairoli *(couleurs)*.
Coordination artistique de Roberta Bianchi *et* Lara Martinelli.
Graphisme de Marta Lorini.
Traduction de Marianne Faurobert.

www.geronimostilton.com

Loi 49-956 du 16 juillet 1949 sur les publications destinées à la jeunesse
Dépôt légal : juillet 2021
Numéro d'édition : 23941
ISBN : 978-2-226-45010-4
Imprimé en France par Pollina s.a. en avril 2021 - 98138

Geronimo Stilton

UNE MÉDAILLE D'OR POUR GERONIMO

ALBIN MICHEL JEUNESSE

IL DOIT Y AVOIR ERREUR !

En cette chaude matinée d'été, quand ma sœur Téa fit irruption dans mon bureau, les pattes chargées de livres et de documentation, j'étais à mille lieues d'imaginer l'incroyable aventure qui nous attendait… En apparence, c'était une journée bien ordinaire, à l'exception du fait que la date des **JEUX SOURISTIQUES** approchait, et que j'étais débordé de travail, *scouiiit !*

Mais… un instant ! Laissez-moi d'abord me présenter : mon nom est Stilton, *Geronimo Stilton*, et je dirige *l'Écho du rongeur*, le journal le plus célèbre de l'île des Souris !

Comme je vous le disais, ce matin-là, j'étais accablé de travail : la date des jeux Souristiques approchait et je devais encore

✔ décider des ARTICLES à écrire ;

✔ choisir les épreuves sportives à suivre ;

✔ contacter une foule d'experts pour les différentes rubriques du journal ;

✔ m'informer des derniers records battus lors des Jeux précédents ;

✔ écrire tout un tas d'e-mails…

La pression me faisait vriller les moustaches !

Toutefois, chers amis rongeurs, je dois vous avouer quelque chose : bien que je ne sois pas un gars, *ou plutôt un rat*, SPORTIF, j'étais surexcité par l'imminence de ces Jeux, et Téa plus encore que moi !
D'ailleurs, ma sœur déversa sur mon bureau une tonne de livres et de dossiers en chicotant :
– Geronimo, voilà toute la documentation que j'ai rassemblée pour le numéro SPÉCIAL JEUX SOURISTIQUES : les records établis dans chaque discipline, l'âge des athlètes participant aux sélections, leur plat préféré… Et toi, tu as vérifié les derniers bulletins d'actualité sportive ?
Je lui répondis :
– Oui, il y a cinq minutes à peine !
Téa soupira et couina :
– *Cinq minutes ?!?* Mais tu rêves ! Plus les épreuves approchent, plus les bulletins défilent : il en tombe toutes les minutes, toutes les

secondes, à chaque instant ! Ouvre illico ta messagerie, et que ça saute !
Par mille mimolettes, j'avais en effet reçu un nouvel e-mail ! Et son **objet** me fit tressaillir, sursauter, et même bondir !
Je l'ouvris pour en lire le contenu et…
Quoiquoiquoi ?! Moi, **coach*** d'une équipe de course de relais ?!

* *« Coach » est un terme d'origine anglaise désormais utilisé en français et qui signifie : entraîneur.*

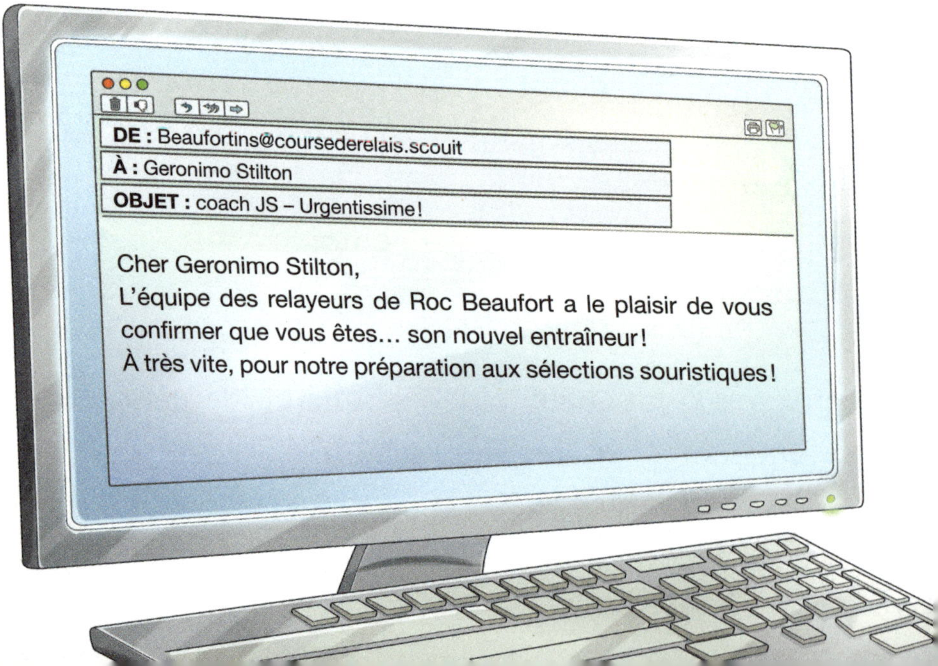

Plus pâle qu'un petit-suisse, je chevrotai :

– Il doit y avoir **erreur**...

Téa lut le message à haute voix, puis commenta :

– C'est bien ton nom ! Je ne vois pas où est l'erreur...

Scouiiit, pas de doute, ça commençait à sentir

LES EMBROUILLES !

UN BRIN RAMOLLIS…

À cet instant précis, une musique retentit dans la rue :

Dzing boum boum tralala…
Taratata dzing boum boum…
Dzing boum dzing boum tagada…
Badaboum tchacatchacatchatcha !

Une fanfare jouait juste sous les fenêtres de *l'Écho du rongeur* !

Mais qui était-ce donc ?

Et surtout… pourquoi ?

Après avoir échangé un coup d'œil perplexe, Téa et moi nous précipitâmes à la fenêtre…

Sur le trottoir se tenaient quatre rongeurs à l'allure **loufoque**, qui, dès qu'ils m'aperçurent, se mirent à brailler à tue-tête :

– C'EST NOUS LA FANFARE DES RONGEURS,
ON VIENT JOUER POUR NOTRE ENTRAÎNEUR !
COACH **STILTON**, T'ES LE MEILLEUR,
GRÂCE À TOI, ON S'RA LES VAINQUEURS !

Je me mis à suer à grosses gouttes : il devait s'agir des coureurs de Roc Beaufort !

Téa remarqua :

– Ils ont l'air bien décidés à faire de toi leur entraîneur…

Scouiiit, ma sœur avait raison ! Il fallait à tout prix dissiper ce **MALENTENDU** !

En haussant le ton pour me faire entendre, je les hélai :

– Musiciens… athlètes… bref, amis rongeurs… montez me voir dans mon bureau !

En un battement de moustaches, ils déboulèrent dans la pièce, posèrent leurs instruments dans un coin et, poliment, firent chacun un baisepatte à ma sœur Téa.

Puis l'un d'eux s'avança et déclara :

– Cher coach Stilton, c'est un immense honneur pour nous d'être ici ! Nous sommes Ragnar

Pétochard, Ragotin Urbain, Honorat Policet et Goulven Goulafre, les relayeurs de Roc Beaufort ! Comme tu le sais (*sportif que tu es !*), la course de relais est une tradition de notre région, laquelle se glorifie (*ou plutôt, se glorifiait*) de nombreuses médailles souristiques dans cette discipline !

Quoiquoiquoiquoi ? Sportif ? Tradition ? MÉ-DAILLES souristiques ?!? Je n'y comprenais croûte !

Je suis le contraire d'un gars, *ou plutôt d'un rat*, sportif, et plus j'observais ces rongeurs, moins ils m'avaient l'air d'être des

ATHLÈTES… encore moins des athlètes de haut niveau !

Téa chicota :

– Ça y est ! Je me souviens maintenant : j'ai lu de vieux articles sur la *glorieuse* histoire sportive de Roc Beaufort ! Mais qu'est-ce qui vous est arrivé ? Vous êtes tombés dans l'oubli ?!

Honorat Policet se hâta de nous expliquer :

– Depuis des années, Castel Comté, la ville voisine, accumule trophée sur trophée… Nous nous sommes ENDORMIS SUR NOS LAURIERS, et peu à peu ils nous ont supplantés. Mais nous avons reçu une convocation pour les sélections souristiques, et nous désirons rendre à Roc Beaufort sa gloire passée !

Goulven Goulafre poursuivit :

– Le problème, c'est qu'on est *un brin* **RAMOLLIS** ! Mais avec un entraîneur de ta trempe, Geronimo, on va vite retrouver la forme !

Je tentai de mettre les choses au clair :
– Euuuh… Très honoré, vraiment, mais je ne suis pas un sportif, et encore moins un **entraîneur** célèbre !
Les quatre relayeurs protestèrent en chœur :
– Pas de fausse modestie, coach Stilton ! Nous savons tout de votre prestigieuse carrière !
À ces mots, Téa devint plus PÂLE qu'un chabichou et murmura :
– Oh, non ! Mais bien sûr, je comprends, maintenant…
Je lui demandai :
– Quoi ?!
Ma sœur fouilla le tas de documentation sur mon bureau et, en me flanquant un article entre les pattes, elle m'informa :

– Ils ont confondu les deux noms ! Lis ça : l'entraîneur auquel ils se réfèrent est le célèbre *Geronimo Svelton*, j'ai écrit ce papier sur lui il y a quelque temps !

LES JEUX, C'EST FINI ?

Lorsqu'ils comprirent leur erreur, les quatre athlètes furent abattus, accablés, anéantis…

Ragnar Pétochard pleurnicha :

– Ouin, snif, nous sommes fichuuus !

– Roc Beaufort ne retrouvera jamais sa SPLENDEUR d'antan… gémit Ragotin Urbain.

Sur ce, Honorat Policet en rajouta une couche en empoignant sa clarinette pour jouer une mélodie GAFARDEUSE.

Pour leur remonter le moral, je leur dis :

– Gardez espoir ! Au fond, il suffit de contacter le véritable Geronimo Svelton pour lui expliquer ce QUIPROQUO, et tout va s'arranger…

Mais Goulven Goulafre se moucha bruyamment et geignit :

– Impossible ! Nous avons rempli les formulaires d'**inscription** avec le nom de Geronimo Stilton dans la case « entraîneur » ! Il est trop tard pour les modifier... On n'a plus qu'à renoncer !

Par mille tartiflettes, la participation de l'équipe de Roc Beaufort aux sélections souristiques ne dépendait donc... **que de moi** !

Téa me donna un coup de coude.

– Tu pourrais tout de même faire un effort, frérot ! Certes, tu n'es pas entraîneur, mais tu vaux mieux... que rien !

Je bredouillai :

– Je... mais eux, euh... la course de relais...

En réalité, je fondais déjà comme un **VACHERIN** au four : je suis un gars, *ou plutôt un rat,* au cœur tendre, et j'étais désolé de briser les rêves de gloire de Roc Beaufort !

Alors, j'inspirai un grand coup, puis je m'approchai des quatre relayeurs. Goulven Goulafre entonnait déjà, la mine défaite :

– AH LA LA, QUELLE DÉCONFITURE,
À CAUSE D'UNE ERREUR D'ÉCRITURE...
ON RENTRE CHEZ NOUS DÉCONFITS,
POUR NOUS, LES JEUX, C'EST FINIII...

Par mille mimolettes, c'était déchirant !

Je m'éclaircis la voix et je lançai :

– Assez pleuré ! Ne renoncez pas à votre rêve ! Je ne suis pas un vrai entraîneur, mais je vais vous donner un coup de *patte* !

Les rongeurs interrompirent leur complainte. Émus, ils me considérèrent, avant de s'écrier d'une seule voix :

– *Pour le coach Stilton, hip hip hip... hourra !*

J'étais bien content de les voir si heureux, mais aussi très inquiet : j'allais devoir m'improviser **entraîneur** !

UN VOYAGE INCONFORTABLE

Il fallait nous dépêcher de partir : les sélections allaient bientôt commencer et les athlètes de Roc Beaufort avaient DÉSESPÉRÉMENT besoin d'entraînement !

Je courus chez moi pour préparer quelques affaires, tandis que Ragnar Pétochard me criait :

– Ne t'en fais pas, coach Stilton ! On passe te prendre tout à l'heure avec notre minibus !

Et en effet, comme je bouclais ma valise, j'entendis klaxonner :

BIIIP ! BIIIP !

Je sortis de la maison et… je faillis tourner de l'œil !

Le **MINIBUS** de l'équipe de Roc Beaufort était garé devant ma porte, et il n'était pas beau à voir ! Vétuste et tout rouillé, c'était une vraie **guimbarde** !

Rien qu'à l'idée de grimper à bord de cette ruine, mes moustaches vibraient de trouille.

Je demandai :

– Pourquoi ne pas prendre le train ?

Goulven Goulafre rigola :

– Le train ? Tu es un marrant, coach !

Ragnar Pétochard me rassura :

– Notre vieux Tonnerre ne paie pas de mine, mais il est **fiable** : c'est le véhicule attitré de l'équipe depuis des générations ! Tu vas voir comme il tient la route, surtout dans les virages !

Au mot « virage », mon estomac fit un triple **salto** carpé : je suis sujet au mal des transports…

Mais je n'avais plus le choix : en un battement de moustaches, je fus à bord de cette antiquité bringuebalante !

Je pris place sur un siège (*défoncé et malcommode !*), j'attachai ma **ceinture** (*par chance, il y en avait une !*) et je regardai par la fenêtre ma maison qui s'éloignait (*au revoir, Sourisia, snif !*).

Dès que nous eûmes quitté la ville, Ragotin Urbain chicota :

– Allez, les copains ! On fait entendre notre nouvelle chanson au coach Stilton !
Avant que j'aie le temps de dire *scouit*, Goulven Goulafre entonna d'une voix puissante :
– Dans la belle ville de Roc Beaufort...
Et tous les autres bramèrent en chœur :
– En course de relais, on est trop forts !
Et c'est ainsi, au son plaintif d'un accordéon, ponctué d'horribles beuglements et de trilles à vous percer les tympans, que le minibus se mit à serpenter sur de petites routes de montagne ! *Scouiiit !*

J'EN AVAIS LA NAUSÉE !

Je tentai de me distraire en regardant le paysage, mais Honorat Policet, assis derrière moi, cria :

– Coach Stilton, joins-toi à nous ! Joue donc du triangle !

Et…

DLING! DLING! DLING! DLING! DLING! DLING! DLING! DLING! DLING! DLING!

Un tintement horripilant vint s'ajouter au tintamarre !

Exaspéré, je grinçai :

– *Par mille tartiflettes,* comment se fait-il que des athlètes comme vous soient aussi fondus de **musique** ?

Ragnar Pétochard m'expliqua :

– Après nos nombreuses défaites, on a laissé tomber l'entraînement. Du coup, on a eu plein de temps libre et on a monté un **groupe** : *Les Quatre Fromages* ! Mais le succès se fait attendre…

C'était compréhensible : mes quatre nouveaux amis jouaient et chantaient **FAUX** !

Enfin, après une douzaine de chansons et quelques reprises, ils cessèrent leur sérénade, essoufflés, et je pus me plonger dans le **manuel sur le relais** que Téa m'avait prêté avant notre départ.

Hélas, les **soubresauts** du minibus ne m'aidèrent pas à y voir clair dans tous ces termes techniques...

MANUEL DU RELAIS

LE RELAIS 4 x 100 M : cette épreuve d'**athlétisme** comporte trois relais successifs sur une distance totale de **400 mètres**. Quatre athlètes doivent parcourir chacun environ 100 mètres en se passant successivement le **témoin**. L'objectif est d'apporter ce témoin à l'arrivée en un minimum de temps.

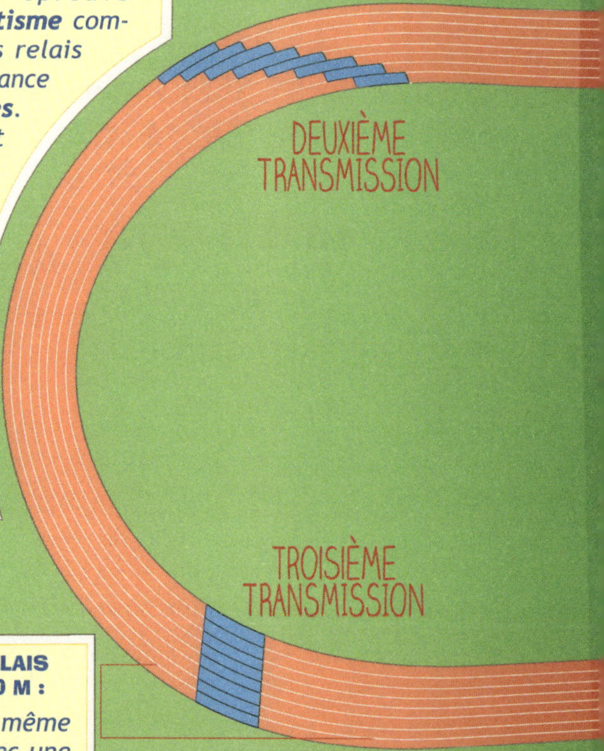

LE RELAIS 4 x 400 M : suivant le même principe, toujours avec une équipe de **4 relayeurs**, chacun doit parcourir une distance de **400 mètres**, pour un total de **1 600 mètres**.

RELAYEUR : Chaque membre de l'équipe qui, lors d'une **course de relais**, parcourt une fraction du circuit.

Introduction

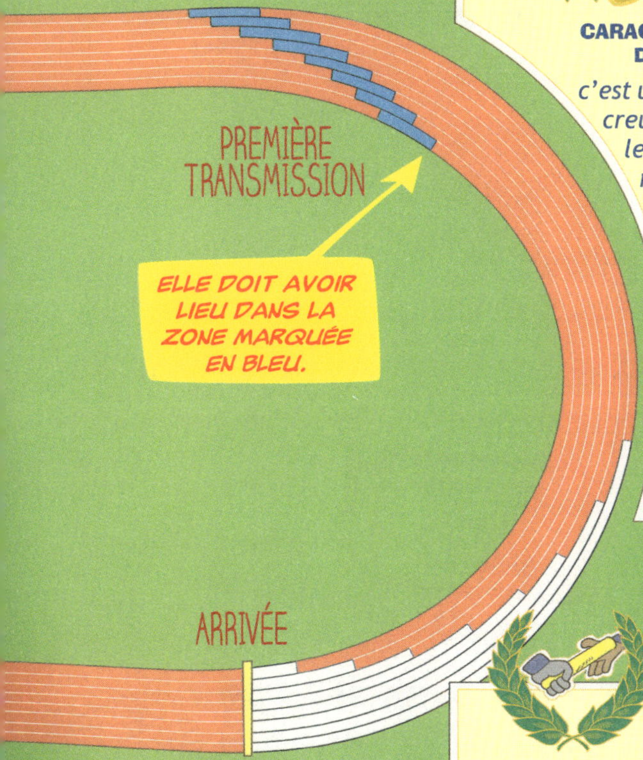

CARACTÉRISTIQUES DU TÉMOIN :

c'est un **tube** cylindrique, creux et lisse, généralement en métal. Il mesure entre **28** et **30 centimètres** et ne doit pas peser moins de **50 grammes**. Les coéquipiers se l'échangent de la patte à la patte sans cesser de courir.

PASSAGE DU TÉMOIN :

il doit s'effectuer impérativement dans la **zone de transmission**, laquelle est délimitée par un marquage sur la piste, sans quoi l'équipe est disqualifiée.

CLIC CLAC !

Après un voyage qui me parut interminable, un PANNEAU routier indiquant Roc Beaufort apparut. Je poussai un soupir de soulagement : j'allais enfin pouvoir me reposer !

Mais dès que nous fûmes descendus du minibus, Ragotin Urbain annonça :

– On va d'abord te faire visiter la *ville*, coach Stilton ! Et puis zou, tous à l'entraînement !

Oh, non… mon roupillon était annulé !
J'étais blême et tout ratatiné, mais Roc Beaufort avait l'air d'être une ville charmante et j'étais curieux de découvrir son histoire.
Une fois sur la place principale, Goulven Goulafre s'improvisa guide :
– Sur ta droite, tu peux admirer la statue de Vitalis Véloce, le légendaire RELAYEUR grâce auquel l'équipe de Roc Beaufort a remporté sa première médaille d'or ! Sur ta gauche, le cours Dare-Dare, qui mène au musée le plus important de la ville…
Par mille mimolettes, moi qui adore les musées ! Mais de quel genre de MUSÉE s'agissait-il ?
C'est alors qu'un rongeur tout ému vint me serrer la patte et me déclara :
– Bienvenue chez nous, coach Stilton, je suis le directeur du musée du Relais de Roc Beaufort !

Nous comptons tous sur toi pour participer à nouveau aux jeux Souristiques : nous attendons ce moment depuis des **ANNÉES** !

Mille milliards de maroilles, ils avaient consacré un musée entier à leur épreuve favorite ! La qualification pour les **JEUX SOURISTIQUES** n'était pas seulement le rêve de ces quatre rongeurs... mais celui de toute une ville !

Après la visite du musée, nous arpentâmes les rues de Roc Beaufort, jusqu'à rejoindre un terrain de sport en bien mauvais état.

– Euh… où sommes-nous ? demandai-je, per-plexe. Pourquoi m'avoir emmené ici ?

L'air gêné, Honorat Policet murmura :

– Hem, c'est le stade municipal, coach Stilton… C'est ici que nous nous entraînerons !

Quoiquoiquoi ?! De l'extérieur, le stade avait **piteuse** allure, mais c'était pire à l'intérieur !

De hautes herbes avaient envahi la piste, les vestiaires étaient poussiéreux et pleins de toiles d'araignées, et tous les équipements sportifs tombaient en ruine. Quel désastre !

Je bafouillai :

– Mai-mai-mais… depuis combien d'années cet endroit est-il donc à l'abandon ?

Goulven Goulafre marmonna :

– Euh, quelques-unes…

Mais Ragnar Pétochard s'exclama, plein d'allant :

– Ne t'inquiète pas, coach, on va s'entraîner quand même ! Attends-nous ici, on va se changer !

Sur ce, ils filèrent vers les vestiaires.

Je souris : certes, ce stade était tout délabré, mais les athlètes semblaient bourrés de bonne volonté ! Peut-être nous restait-il un **espoir**…

Mais à cet instant précis…

ZOUICHHH !

je glissai sur la piste détrempée et…

SPLASH !

je me vautrai de tout mon long dans une flaque de boue !

Mais pourquoi pourquoi pourquoi ces choses-là n'arrivent-elles qu'à moi ?

Soudain, j'entendis au-dessus de moi d'étranges cliquetis :

clic clac !

clic clac !

– Tout va bien ? me demanda une voix féminine. Je levai les yeux et je vis une rongeuse blonde à la mine soucieuse, un gros appareil photo autour du cou.

Par mille munsters moisis, j'avais vraiment l'air d'un EMPOTÉ !

Je me relevai d'un bond, tout endolori : *ouille !* Je me nettoyai tant bien que mal (j'étais affreusement crotté), puis je la saluai d'une courbette, en digne noblerat que je suis.

Enfin, je lui répondis :

– Je vais bien, oui, merci ! Mon nom est Stilton, Geronimo Stilton, et…

Sans me laisser finir, la rongeuse, bouche bée, écarquilla ses grands yeux bleus et…

clic clac !

clic clac !

… elle prit une rafale de clichés !

Entre deux clics, elle chicota, émue :
– Coach Stilton, enfin ! Je suis Gerbille Pétule, l'agente sportive de l'équipe ! Même si, en fait, je travaille comme reporter-photographe depuis quelques années.
Puis, embarrassée, elle ajouta :
– Désolée pour l'état déplorable du stade ! Hélas, les comptes de l'équipe sont dans le rouge, on se débrouille comme on peut… Mais tu vas nous aider, pas vrai ?
Devant le regard plein d'espoir de Gerbille, je fondis tel du fromage à RACLETTE, et je m'exclamai :
– Bien sûr !
Vous comprendrez, chers amis rongeurs, que je ne pouvais pas lui répondre autre chose…

IL VA FALLOIR ÊTRE PATIENT

Quand ils sortirent des vestiaires, les quatre athlètes portaient des tenues disparates et fort débraillées, mais surtout… aucun n'avait de CHAUSSURES DE COURSE !

Par-dessus le marché, Ragotin Urbain serrait dans sa patte un MICRO.

Abasourdi, je leur demandai :

– Vous n'allez tout de même pas vous remettre à chanter !

– Non, coach… c'est juste qu'on a perdu le

TÉMOIN... Du coup, pendant la course, on se passera ce micro !

– Et vos chaussures ? Où sont-elles passées ?

Ragnar Pétochard haussa les épaules en soupirant et dit :

– Va savoir...

Gerbille s'efforça de me réconforter :

– Allons, coach ! Ne les JUGE pas sur les apparences : l'habit ne fait pas le moine... ni la tenue, l'athlète ! En piste pour l'entraînement, et tu vas voir ce que tu vas voir !

J'étais dubitatif, mais les rongeurs se placèrent, tout contents, dans les starting-blocks des zones de transmission. Alors je les encourageai :

– O.K... vous êtes décidés à donner le maximum ? Pensez aux jeux Souristiques !

Ragnar Pétochard, le premier relayeur, était prêt à partir.

J'empoignai mon sifflet et je soufflai dedans de toutes mes forces…

TRRRIII !

Au lieu de s'élancer sur la piste, Ragnar se mit à trembler de toutes ses pattes et à gémir :

– Aaah, mes oreilles…

Raperlipopette, que lui arrivait-il ?

Gerbille murmura :

– Il va falloir être patient, coach. Ragnar a très peur des **bruits** trop forts : quand il en entend un, il est si terrorisé qu'il se tétanise…

C'était un problème de taille ! Après quelques secondes de **PANIQUE**, Ragnar reprit ses esprits et s'élança enfin !

L'entraînement pouvait reprendre...
Ragnar Pétochard passa le témoin (enfin, le MICRO !) à Honorat Policet dans un geste parfait, Honorat fit une belle course, mais quand il rejoignit Ragotin Urbain, les deux coéquipiers commencèrent à discuter...
Je demandai à Gerbille :
– *Souristi*, et maintenant, qu'est-ce qui se passe ?
Elle me répondit :
– Il va falloir être patient, coach. Ragotin et Honorat sont très attachés aux bonnes manières, ils ne se transmettent le témoin qu'après s'être remercié l'un l'autre, et ça leur fait perdre pas mal de temps.

Scouiiit, de quoiii ? Mais enfin, c'était une épreuve de **vitesse**, tout de même !

Et ce n'était pas tout.

Quand, finalement, Ragotin parvint à la hauteur de Goulven Goulafre, ce dernier était si concentré sur son *petit pain* fourré au gorgonzola qu'il en oublia de courir.

Je soupirai :

– Oh, non… mais que fait-il ?

Gerbille me susurra à l'oreille :

– Il va falloir être patient, coach. Goulven est un **glouton** et il est incapable de résister à un sandwich au fromage…

Sous la pression, mes moustaches se mirent à vriller : entraîner cette équipe pour qu'elle se qualifie aux sélections souristiques m'avait tout l'air d'être une mission **IMPOSSIBLE** !

ON N'A PAS ÉTÉ SI MAUVAIS…

À la fin de la course, les athlètes vinrent à ma rencontre en braillant :

– Alors, coach… c'était comment ? Tu nous as **CHRONOMÉTRÉS** ?

Je secouai la tête.

– Hem… non, pas la peine. Je peux vous assurer que, hélas, vous n'avez pas été rapides du tout !

La mine optimiste, Ragnar Pétochard me lança :

– Allez, coach ! Je suis sûr qu'on n'a pas été si mauvais… et demain, on sera encore meilleurs !

Ses coéquipiers l'approuvèrent, mais moi, je n'étais guère convaincu. Les athlètes de Roc Beaufort étaient peut-être très sympathiques, mais ils n'avaient pas le niveau. Ne voulant pas anéantir leurs rêves, je leur souris et je bredouillai :
– Bi-bien s-sûr...
Goulven Goulafre demanda :
– Et maintenant, qu'est-ce qu'on fait ? Un petit **casse-croûte** pour récupérer ?
Par mille mimolettes, je n'en avais aucune idée. Je feuilletai mon manuel en vitesse et, quelques secondes plus tard, je m'exclamai :
– J'ai trouvé ! D'après ce livre, vous êtes à présent censés faire du *stretching* ! Voyez : il y a ici tous les schémas des mouvements à faire pour étirer vos muscles et...
Ragotin m'interrompit :
– Super, coach ! Montre-nous ça, on te suit !
Gerbille Pétule couina :

– Génial ! Je prendrai quelques photos !

Quoiquoiquoi ?

Parce que, franchement, je n'y comprenais croûte… Torsions, flexions, rotations : ce manuel me semblait écrit dans une **langue** inconnue, *scouiiit !*

Je m'efforçai quand même de reproduire les figures indiquées, en donnant des instructions à l'équipe :

– Alors, pour commencer, pliez la patte droite en arrière puis **LEVEZ** le talon… non, excusez-moi ! La patte gauche, le talon vers **LE BAS**… courbez le dos…

QU'EST-CE QUE LE STRETCHING?

C'est une pratique corporelle essentielle pour les coureurs ! Elle permet de développer la souplesse en détendant les muscles et en déliant les articulations. Les exercices d'étirement facilitent l'apport d'oxygène aux muscles, ainsi les athlètes peuvent récupérer plus rapidement.

vers l'arrière… non, en avant… pardon ! Ne le courbez pas !

Mais le résultat de mes **instructions** contradictoires, ajoutées aux flashs incessants de l'appareil photo de Gerbille et aux capacités athlétiques limitées de l'équipe, fut catastrophique… Les relayeurs firent tout de travers et finirent tous par tomber sur le **postérieur** !

En se relevant, Goulven Goulafre commenta :

– Coach Stilton, on s'est peut-être (je dis bien *peut-être* !) mélangé *un peu* les pinceaux, mais dans l'ensemble c'était pas si mal ! Et tu verras demain, après une bonne **boustifaille** !

Je soupirai :

– Mais oui, bien sûr...

En vérité, j'étais fourbu, moulu, rompu ! Je pris congé des athlètes, j'allai grignoter un sandwich et enfin, harassé, je partis me reposer à l'hôtel : quelle journée !

Je venais tout juste de m'effondrer dans un des fauteuils de ma chambre quand...

DRIIING !

Mon téléphone sonna !

– Allô ? Ici Stilton, Geronimo Stilton...

La voix de ma sœur m'interrompit :

– Tu veux dire : coach Stilton ! Alors ? Comment ça s'est passé, cet ENTRAÎNEMENT ?
Je gémis :
– Un vrai désastre !
Et je lui racontai ce terrible après-midi dans les détails. Plus je parlais, plus je prenais conscience de la réalité : l'équipe de Roc Beaufort n'avait aucune chance de se qualifier aux sélections souristiques... Avec moi au poste d'entraîneur, ils n'iraient NULLE part !
Téa voulut savoir :
– Donc tu renonces ?
J'allais lui répondre que oui, mais, au même instant, j'entendis des cris... Il faisait nuit désormais, qui cela pouvait-il bien être ?
Je regardai par la fenêtre et... je n'en crus pas mes yeux !
L'hôtel jouxtait le **terrain de sport**, et j'aperçus cinq silhouettes désormais familières : c'étaient

Je ne peux pas renoncer !

les quatre athlètes de Roc Beaufort qui s'entraînaient, encouragés par leur agente Gerbille Pétule !

Téa me demanda :

– Tu es toujours là, frérot ?

J'essuyai une LARMICHETTE : la persévérance de mes nouveaux amis me touchait. J'inspirai un grand coup et, avec conviction, je lui répondis :

– Je ne peux pas renoncer, Téa… Cette équipe a besoin de moi pour réaliser son rêve ! Je l'y aiderai, coûte que coûte !

UNE RABULEUSE SURPRISE !

Le lendemain matin, le soleil brillait sur Roc Beaufort et je me sentais motivé, très motivé, et même **SUPERMOTIVÉ** !

Je bondis hors du lit (*et hop !*), je me préparai en un battement de moustaches (*les athlètes m'attendent !*) et je courus acheter six **crois-sants** fourrés au chevrotin tout chauds (*quelle odeur exquise !*).

Peu après, j'arrivai au stade municipal avec le petit déjeuner pour toute l'équipe et j'annonçai :

– Relayeurs, nous avons démarré en douceur. Nous allons maintenant **travailler dur** ! Hier soir, j'ai potassé le manuel à fond et

je commence à comprendre un peu mieux ce SPORT... Vous êtes chauds ?
Les athlètes s'écrièrent d'une seule voix :
– Ouais, coach Stilton ! On est chauds bouillants !
Nous étions sur le point d'entamer les échauffements, lorsque...

BIIIP ! BIIIP ! BIIIP !

Le son puissant d'un klaxon retentit en bordure du stade. Nous nous ruâmes vers la sortie et... ce que nous vîmes nous laissa bouche bée !
C'était un gigantesque CAMPING-CAR couleur jaune gruyère...
Long comme un wagon...
Large comme un camion...
Haut comme un immeuble...
Stupéfaite, Gerbille s'exclama :
– Ça alors, je n'en ai jamais vu d'aussi gros !

Moi, en revanche, je croyais reconnaître cet énorme engin : on aurait dit le SUPERCAMPEUR de mon grand-père, Honoré Tourneboulé !
Sa porte avant s'ouvrit et des voix familières braillèrent :
– SURPRISE !
Mille milliards de mimolettes, je n'en croyais pas mes yeux : c'était bien le Supercampeur ! Avec, à bord, Téa, mon cousin Traquenard, mon neveu Benjamin et ma petite cousine

Traqueline, grand-père et sa gouvernante, Pina Souronde...
Les moustaches frémissantes d'émotion, je courus aussitôt les embrasser.

– **QUELLE RABULEUSE SURPRISE ! QUE FAITES-VOUS ICI ?**

Benjamin et Traqueline me sautèrent au cou en piaillant :

– On est venus t'**aider** pour l'entraînement, tonton G !

Grand-père Honoré rugit :

– Alors, gamin, tu crois pouvoir entraîner une équipe tout seul ? Nigaud que tu es. Tu as besoin d'un coup de patte, et on est là ! À coup sûr, on les emmènera jusqu'à la qualification !

Traquenard ajouta :

– Une fois, j'ai été dresseur de puces… Au fond, c'est presque le même boulot qu'entraîneur, non ?

Téa me fit un clin d'œil.

– *Geronimo, l'union fait la force !*

Raperlipopette, ma famille était vraiment fantasouristique ! Grâce à eux tous, j'allais sûrement devenir un entraîneur convenable !

Je me tournai vers Gerbille et les athlètes pour leur dire, tout fier :

– Je vous présente ma famille ! Ils sont venus nous aider à nous préparer…
C'est alors qu'une voix inimitable s'éleva derrière moi :
– … Avec le soutien de Djibril Dribbling, le grand COMMENTATEUR sportif, très heureux de contribuer à vos efforts !

Je fis volte-face et je vis un rongeur athlétique descendre d'un bond du camping-car : c'était bien lui, **Djibril Dribbling**, le plus célèbre des chroniqueurs sportifs de l'île des Souris !

UN VRAI COACH !

Gerbille se mit illico à mitrailler Djibril.

– Je n'en crois pas mes yeux, Djibril Dribbling en moustaches et en pelage ! Sa **CHRONIQUE TÉLÉVISÉE** des derniers jeux Souristiques était érapatante !

Le commentateur s'approcha en sautillant, sans ralentir son débit :

– Et voici Dribbling qui s'échauffe après un long voyage en camping-car ! **Hop ! Hop ! Hop !** Dès son arrivée à Roc Beaufort, il est reconnu par la presse ! **Hop ! Hop ! Hop !** Il est déjà prêt pour l'entraînement, regardez travailler ses muscles ! **Hop ! Hop ! Hop !**

Il se tourna vers les relayeurs et poursuivit :

– Et voilà que le grand commentateur aperçoit l'équipe de course de relais ! Il s'approche ! Va-t-il leur serrer la patte ? Quel suspense… et ouiii, il leur SEEERRE la patte !

Les athlètes se présentèrent et Ragotin Urbain chicota :

– C'est un honneur que de vous avoir parmi nous ! Vous êtes un ami du coach ?

Djibril reprit :

– Bah tiens ! Et d'ailleurs, le chroniqueur interrompt son échauffement, traverse la foule et viens saluer son POTO Geronimo !

Ravi, je lui répondis :

– Salut, Djibril, quelle joie de te retrouver ! Mais pourquoi t'entraînes-tu ?

– Pour avoir une pêche du tonnerre en vue des **JEUX SOURISTIQUES**, tiens ! C'est moi qui commenterai les sélections et toutes les épreuves.

Grand-père Honoré s'éclaircit la voix et gronda :

– Assez perdu de temps, gamin ! J'ai un cadeau pour ton équipe : des tenues, des chaussures de course et un témoin réglementaire. Tout ça vous est *gracieusement* offert par votre nouveau sponsor : *l'Écho du rongeur* !

– Waouh ! s'écrièrent en chœur les relayeurs, en voyant leurs nouveaux équipements.

Gerbille Pétule sursauta et, d'émotion, manqua lâcher son appareil photo.

– Un **SPONSOR** ? Nous ?! Alors nous ne sommes plus fauchés, finalement !

Grand-père Honoré s'exclama :

– Voilà ! Mais il va falloir mériter tout ça. Donc, **au boulot**, et que ça saute ! Je compte sur vous…

Puis il se tourna vers moi et ajouta :

– … et surtout sur toi, gamin !

Le stress me fit vriller les moustaches : je ne voulais pas **décevoir** mon grand-père, *scouiiit !*

Nous entrâmes tous sur le terrain de sport, mais en arrivant sur la piste Djibril me dit :

– Faut que j' te cause entre quat' zyeux, coach : faisons un tour du stade !

Je protestai :

– Tu sais que je ne suis pas un gars, *ou plutôt un rat*, sportif…

Mais mon ami **FONÇAIT** déjà sur la piste, sans cesser de commenter :

– Dribbling file telle une flèche ! Geronimo va devoir s'accrocher, s'il veut pouvoir lui parler...

Je lui courus après en hurlant :

– **AAARGH ! ARRÊÊÊTE !**

Quand je parvins à le rejoindre, la langue pendante, je balbutiai :

– *Arf han pfiou...* que-que-qu'est-ce que tu voulais me dire ?

Heureusement, Djibril s'arrêta et se mit à faire des pompes.

Pendant que je reprenais haleine, il me dit :

– À vue de museau, ton équipe a besoin d'un SUPER ENTRAÎNEMENT ! Si tu veux, je te donne un coup de patte pour l'organiser !

Je lui souris, reconnaissant : c'était une excellente idée !

– J'accepte volontiers ton aide, Djibril, elle nous sera bien utile… lui répondis-je.

Il opina du museau en sautillant sur place.

– Alors on y va, on n'a plus une minute à perdre !

Puis il partit ventre à terre en direction des autres.

Quand je le retrouvai, il distribuait déjà les rôles :

– Grand-père Honoré, vous êtes chargé de motiver les troupes et vous, Ben et Traqueline, de relever les temps ! Traquenard portera les bidons d'eau ! Téa, toi, tu seras la préparatrice de l'équipe ! Pina, c'est vous qui vous occuperez du menu des athlètes ! Gerbille, tu photographieras les séances d'entraînement et moi… je les commenterai !

Perplexe, je fixai Djibril et, le souffle court, je murmurai :

– … et moi ?

Mon ami me fit un clin d'œil.

– Toi, Geronimo, tu as le rôle le plus important : devenir un **VRAI COACH** ! Tu vas définir la tactique et les exercices de ton équipe pour la mener à la victoire !

Scouiiit, quelle **responsabilité** ! J'allais m'y employer, garanti au fromage ! La patte sur le cœur, je déclarai :

– Je jure de faire de mon mieux…

… parole d'honneur de rongeur !

Faites-moi confiance !

Cette nuit-là, je ne pus fermer l'œil…

Des heures durant, je réfléchis à des exercices personnalisés pour chaque athlète, comme Djibril me l'avait suggéré.

Le lendemain matin, j'étais épuisé mais heureux : j'avais un plan !

En arrivant au stade, les relayeurs trouvèrent une partie de la piste envahie de BALLONS colorés.

Ragnar Pétochard me demanda :

– Qu'est-ce qui se passe, coach ? Une petite fête ?

Je secouai la tête et je lui expliquai :

– Ce n’est pas une fête, Ragnar ! C’est ton exercice : tu courras pendant que Traquenard fera exploser des ballons sans te prévenir… Tu dois t’habituer aux **bruits** violents, pour ne plus perdre tes moyens au coup de sifflet du départ…
L’athlète se mit à trembler de toutes ses pattes, et bredouilla :
– Co-coach, tu-tu es sû-sûr que ça va marcher ?
À cet instant précis…

BANG !

Mon cousin creva l’un des ballons et Ragnar fit un bond.
Je secouai la tête.
– L’exercice n’a pas encore commencé, Traquenard !
– Oups ! Désolé, Geronim*oups*, j’ai pas pu résister ! Je croyais que l’essentiel, c’était l’effet de surprise !

Je me retournai pour dire à Ragnar :

– Fais-moi confiance !

Il acquiesça et se mit à sprinter entre les ballons.

Je m'adressai alors à Ragotin Urbain et à Honorat Policet :

– De votre côté, vous vous entraînerez à vous faire des… CLINS D'ŒIL !

Ragotin me regarda, désemparé.

– Sans vouloir t'offenser, coach… je ne vois pas le rapport avec la course.

– C'est simple : au lieu de perdre du temps en remerciements, quand Honorat et toi vous passerez le témoin vous vous saluerez d'un clin d'œil ! Faites-moi confiance !

Grand-père Honoré rugit :

– Tu es peut-être moins nigaud que je ne le croyais, gamin… Hé, vous deux, maintenant, **foncez!** Ou plutôt, **clignez!**

Je laissai les deux relayeurs intermédiaires en pleine séance de **motivation** et j'allai voir Goulven Goulafre.

– Toi, Goulven, deux rongeuses au poil vont s'occuper de ton cas : ma sœur et Pina Souronde. Téa te fera faire de l'exercice et Pina va te mettre à la diète.

La gouvernante approuva :

– Ne vous inquiétez pas, Geronimo, je le tiendrai à l'œil ! J'ai l'habitude de votre grand-père, vous savez. Il ne fera pas le malin…

L'athlète soupira :

– Plus de petits casse-croûte au fromage, alors ?

Téa secoua la tête avec vigueur et Pina dégaina sa **LOUCHE**.

Je souris à Goulven.

– *Fais-moi confiance !*

Résigné, Goulven suivit ma sœur pour un premier tour de stade.

Je regardai mon équipe avec satisfaction : beaucoup de travail restait à faire, mais enfin je me sentais un **VRAI COACH** !

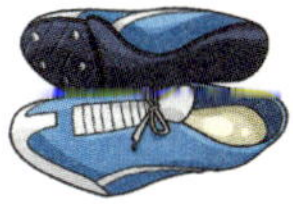

Rapides, et même hyper rapides !

Après une semaine d'exercices personnalisés, le moment vint de tester l'équipe avec une vraie **course de relais**. J'étais excité comme une portée de souris : les athlètes avaient-ils progressé ?
Nous allions vite le découvrir, car les relayeurs étaient déjà en place. Toute ma famille me fixa quand je criai :
– À mon signal…

TRRRIII !

Je sifflai de toutes mes forces, les yeux fermés. Je n'eus pas le courage de regarder : et si Ragnar était resté figé sur la ligne de départ ?

Mais la voix de Djibril me rassura :
– Ragnar Pétochard s'élance sur la piste sans broncher : le coup des BALLONS crevés inventé par coach Stilton a porté ses fruits !
Quoiquoiquoi ?
Je n'en croyais pas mes oreilles, mais quand je rouvris les yeux, je vis qu'en effet le premier relayeur était parti comme un dard !
Djibril poursuivait son **COMMENTAIRE** :

– Le témoin est passé à Ragotin Urbain, qui fonce à toutes pattes : il va bientôt le remettre à Honorat Policet… Que va-t-il se passer ? Vont-ils se **remercier** ? Oui ? Non ? Et… c'est nooon ! Ils ne se remercient paaas ! Ils se contentent d'échanger un CLIN D'ŒIL ! Encore une idée de génie de coach Stilton !

Je devins cramoisi : mon plan avait marché !

Il ne restait plus que Goulven…

Quand Honorat lui transmit le témoin, Djibril s'exclama :
– **FAN-TAS-TIQUE**, amis rongeurs ! Grâce à la préparation de Téa Stilton et au régime strict de Pina Souronde, Goulven Goulafre est dans une forme éblouissante ! Le voici qui fonce vers la ligne d'arrivée à la *vitesse* d'un guépard, avec la *grâce* d'une gazelle et l'*agilité* d'un lièvre… et ouiii ! Il a réussi !
Ben et Traqueline couinèrent, radieux :
– Tonton G ! Ils ont été rapides, et même **hyper rapides** ! Ils n'ont jamais fait un chrono pareil ! C'est une performance de qualification aux Jeux !
Nous sautâmes tous de joie et Djibril commenta :
– Yooo ! L'équipe de Roc Beaufort assure un maximum et le public est en délire ! Tout le monde se congratule, sauf un type **LOUCHE** en imperméable… Mais qui c'est, celui-là ?

Un instant… quel type louche ? De qui Djibril parlait-il ?

Nous nous retournâmes d'un bloc vers les tribunes, où nous vîmes un rongeur, le museau caché par le col relevé d'un long **imperméable**, en train de prendre des notes dans un carnet…

Téa supputa :

– Mmm… serait-ce un journaliste en quête de **SCOOP** ?

Mais dès qu'il se rendit compte qu'il était le point de mire, le rongeur inconnu s'éclipsa au pas de course, sans laisser de trace…

**BIZARRE…
TRÈS BIZARRE !**

L'UNION FAIT LA FORCE

Le lendemain, hélas, une mauvaise surprise nous attendait. En arrivant au stade, nous constatâmes que la piste avait l'aspect d'une tranche de gruyère : elle était pleine de **trous** !

– Que s'est-il donc passé ? soupira Ragotin.

Téa enrageait :

– Quelqu'un a **SABOTÉ** la piste pendant la nuit… mais qui ? Et pourquoi ?

Gerbille Pétule ajouta :

– On veut nous nuire ! D'abord ce mystérieux rongeur, et maintenant ça… Mon travail de reporter-photographe a aiguisé mon intérêt pour les mystères : on va enquêter, et découvrir le coupable !

Sur ce, les deux rongeuses s'éloignèrent, à la recherche d'INDICES. Je me tournai vers les athlètes pour les rassurer, mais leurs museaux consternés m'attristèrent à mon tour.

J'étais sur le point de fondre en larmes, quand une foule de rongeurs envahit le stade… *Par mille mimolettes*, c'étaient les habitants de Roc Beaufort, et à leur tête marchaient Benjamin et Traqueline !

Je n'y comprenais croûte, qu'étaient-ils venus faire ?

Avant que j'aie le temps de poser la question, la foule nous rejoignit et un rongeur élégant prit la parole :

– Bonjour, coach Stilton, je suis Conrad Berzingue, le **maire** de Roc Beaufort !

Scouiiit ! Le maire, en moustaches et en pelage... quelle émotion !

Conrad poursuivit :

– Grâce à vous, nous avons une chance de réussir les **SÉLECTIONS**. Votre talent et votre ténacité ont fait de nos athlètes des espoirs de la course de relais...

Puis il s'adressa à l'équipe :

– Les habitants de Roc Beaufort sont *très fiers* de vous... Nous avons hâte de participer à nouveau aux jeux Souristiques !

Ragnar chicota, tout ému :
– Nous aussi, mais comment s'entraîner sur une piste dans un tel **état** ? Il ne reste que quelques jours avant les épreuves…
Conrad lui sourit, bienveillant.
– Mais nous sommes venus vous aider ! Ensemble, nous réparerons cette piste en moins de temps qu'il n'en faut pour dire *scouiiit* !

Sur ces entrefaites, armés de TRUELLES et de SEAUX, nous entreprîmes de boucher les trous et les fissures.

Et tous ensemble, unis dans l'effort, nous réparâmes la piste en un battement de moustaches !

L'équipe et moi étions très touchés que toute la ville ait collaboré à réaliser notre rêve !

En épongeant la sueur de mon front, je regardai la piste : elle n'était pas parfaite, bien sûr, mais elle démontrait une fois de plus que…

… l'union fait la force !

Je hélai mes athlètes :

– Alors, relayeurs, que diriez-vous d'une démonstration de vos talents devant toute la ville de Roc Beaufort ?

Ils me répondirent d'une seule voix :

– *Nous sommes prêts, coach Stilton !*

Prêts pour les sélections !

Les relayeurs prirent place sur la piste. Aussitôt, Djibril se lança :

– Nos athlètes vont maintenant tenter de battre leur record personnel sur un terrain remis en état… Vont-ils réussir ? Vont-ils échouer ? Après les émotions de cette journée, attendons-nous à une course érapatante, amis auditeurs ! Trois, deux, un… ils sont partiiis !

Ragnar démarra en flèche, rapide, très rapide, et même hyper rapide… et ses coéquipiers furent à la hauteur.

Ragotin et Honorat volèrent littéralement au-dessus de la piste, et le témoin fut transmis à Goulven en un ÉCLAIR !

Djibril commentait sans trêve :

– Quel sprint, mes amis ! Et voici Goulven qui file vers la ligne d'arrivée, ça y est, oui, il l'a franchiiie !

Quand Benjamin arrêta le **CHRONOMÈTRE**, Traqueline couina :

– Record battu !

Les Beaufortins entonnèrent en chœur :

– À Roc Beaufooort, on est trop fooorts !

Au milieu des cris de joie et des applaudissements, le maire me serra la patte et déclara :

– L'équipe de relayeurs de Roc Beaufort est bel et bien prête à se qualifier aux sélections souristiques !

L'émotion me serrait la gorge.

– Et pour lui souhaiter **BONNE CHANCE**, nous

festoierons tous ensemble ce soir sur la place Vitalis-Véloce !

Quelle idée assourissante !

L'équipe avait bien besoin d'un moment de **détente**... et moi aussi !

Ce soir-là, ma famille, mes amis et moi, nous rejoignîmes la place du banquet. En y arrivant, nous restâmes bouche bée ! La place était ornée de **fanions** aux couleurs de la ville et une grande table chargée de victuailles avait été dressée en son centre ! Un vrai régal pour les yeux... et pour l'estomac. Rien qu'à la regarder, je fus pris d'une soudaine **fringale**.

Je m'apprêtais à croquer un morceau d'emmental, quand... *Hé !*

Quelqu'un me tira par la manche !

Je me retournai : c'étaient Téa et Gerbille.

Inquiet, je leur demandai :

– Qu'est-ce qui se passe ?

Ma sœur me fit taire :

– *Chuuut*, Geronimo, nous avons un PROBLÈME ! Regarde là-bas… c'est encore lui !

Et soudain, je l'aperçus : long imperméable au col relevé, chapeau enfoncé sur la tête…

BEAUFORT !

C'était bien le mystérieux rongeur qui nous avait observés des tribunes !

Gerbille chicota :

– Il s'éloigne, suivons-le, vite ! Il sait forcément quelque chose au sujet du **sabotage**…

Sur la pointe des pattes, nous entreprîmes de le **filer**... Mais plus nous nous enfoncions dans les ruelles de la ville, moins la chose devenait aisée. Il tourna à droite, puis il tourna à gauche, avant de tourner à droite une fois de plus… et nous le perdîmes de vue !

Je soupirai :

– Il ne nous manquait plus que ça…

Téa me rassura :

– Ne t'inquiète pas, frérot… On est à la veille des sélections : ce **MYSTÉRIEUX** rongeur ne peut plus faire grand-chose pour nous nuire.

– Et s'il s'avise de le faire, nous enquêterons et nous le coincerons ! décréta Gerbille d'un ton combatif.

C'EST DE LA TRICHE !

Le lendemain matin, nous saluâmes les habitants de Roc Beaufort et nous grimpâmes à bord du Supercampeur : à nous, les sélections souristiques !

À la vue du **STADE** de Sourisia, nos moustaches vibrèrent d'émotion : les tribunes étaient bondées de spectateurs, des drapeaux multicolores claquaient au vent et des athlètes de toutes les régions de l'île des Souris allaient s'affronter pour avoir l'honneur de représenter notre nation aux **JEUX SOURISTIQUES** !

Djibril Dribbling nous accueillit, enthousiaste :

– Bonne chance, les potos ! Je vais me préparer pour le direct !

À cet instant précis, une clameur s'éleva de la foule… *Par mille tartiflettes,* que se passait-il ?
En regardant les écrans géants, nous comprîmes la raison de toute cette agitation : un car luxueux venait de se garer devant le stade et l'équipe favorite, celle de Castel Comté, était en train d'en descendre…
La clameur enfla encore lorsqu'ils entrèrent dans l'enceinte du stade !
En les voyant, je devins plus PÂLE qu'un petit-suisse : aussi musclés qu'élancés, les quatre rongeurs avaient vraiment des carrures d'athlètes, et ils étaient environnés d'une nuée de sponsors et de fervents admirateurs… Comment pourrions-nous les BATTRE ?
Les journalistes étaient accourus et les pressaient de questions :
– Que pensez-vous de ces sélections ? Avez-vous une déclaration à faire ?

L'un des athlètes empoigna un micro et, la mine arrogante, lâcha :

– On déclare qu'on est les meilleurs ! C'est tout, rien à ajouter !

Par mille munsters moisis, ce qu'il était antipathique ! De surcroît, en passant à côté de nous, ils nous toisèrent de haut en bas et se mirent à rigoler grassement :

– *Ha ha ha,* l'équipe de Roc Beaufort ! Bon courage ! dit l'un d'eux.

– Vous croyez avoir une chance contre nous ? renchérit un autre.

Mes relayeurs baissèrent les yeux, humiliés : *saprisouristi,* je ne pouvais pas tolérer que ces crétins présomptueux nous sapent le moral !

Je hurlai donc :

– Coéquipiers, par ici ! Réunion d'urgence !

Ils s'approchèrent, et je leur dis :

– Ne vous laissez pas INTIMIDER par les rodomontades des coureurs de Castel Comté ! L'important, c'est de participer, donnez-vous à fond, même dans l'adversité !

Mon équipe retrouva le sourire et Goulven Goulafre s'exclama :

– Le coach a raison !

Je poursuivis :

– Et maintenant, allez vous mettre en tenue : Traquenard a déposé vos sacs dans les vestiaires !
Au moment où ils y arrivaient, les athlètes croisèrent un rongeur hors d'haleine qui en sortait… Ce dernier rejoignit l'équipe de Castel Comté et brailla :
– Cessez de vous pavaner devant les journalistes ! Allez vous changer ! Et rappelez-vous que l'important, c'est de **GAGNER** !
– Coach, affirmatif, coach ! beuglèrent les autres comme un seul rat.
Raperlipopette, c'était l'entraîneur de Castel Comté ! Son **imperméable** me parut familier… J'avais vraiment l'impression de l'avoir déjà vu quelque part…

J'étais en train d'y réfléchir, quand mon neveu et ma petite cousine déboulèrent en criant :

– Tonton G ! On a un gros, un très gros, un énorme **PROBLÈME** !

Oh, non ! Que se passait-il, encore ?

Les pattes aussi molles que du reblochon, je leur demandai :

– Quel problème ?

Le souffle court, Benjamin bafouilla :

– Qu-quel-quelqu'un a volé les chaussures de l'équipe ! Tonton Traquenard les avait déposées dans les vestiaires, mais… **ELLES N'Y SONT PLUS** !

– Les relayeurs de Roc Beaufort pensent déclarer forfait ! ajouta Traqueline.

Par mille mimolettes, qui pouvait bien avoir fait une chose pareille ?

Les moustaches vrillées par l'angoisse, je rejoignis aussitôt l'équipe dans les vestiaires.

J'y fus accueilli par la voix de Gerbille qui glapissait :

– Ça, c'est vraiment pas de jeu, c'est déloyal : **C'EST DE LA TRICHE!**

Je m'efforçai de ramener un peu d'ordre :

– Restons calme ! Les chaussures sont peut-être CACHÉES quelque part ?

Téa secoua la tête, accablée.

– Nous avons cherché partout : elles sont introuvables !

Sur ce, elle fit un signe à Gerbille et toutes deux s'éloignèrent en parlant À VOIX BASSE.

Pendant ce temps-là, les quatre relayeurs se lamentaient :

– OUIN... SNIF! SNIF! OUIIIN...

On doit déclarer forfait !

Mais leurs sanglots furent tranchés net par la grosse voix de grand-père Honoré, qui, résonnant comme dans un mégaphone, leur ordonna :

– Arrêtez de chouiner, bande de nigauds ! Trouvons plutôt une *solution* !

Grand-père avait raison… mais que pouvions-nous faire ?

Nous nous creusâmes la tête, encore et encore… jusqu'à ce que Ragnar Pétochard soupire :

– C'est fichu ! L'épreuve va bientôt commencer et on est tous pattes nues !

Mais à ce moment-là…

… UNE IDÉE ME VINT !

Je m'écriai :

– Mais oui ! Vous allez courir… pattes nues !

Les athlètes écarquillèrent les yeux.

– Quoi ?

Je les encourageai :

– Vous avez longtemps couru comme ça ! Et au fond, nous n'avons rien à perdre !

Les coureurs étaient perplexes, mais grand-père Honoré me flanqua une vigoureuse TAPE sur l'épaule et gronda :

– Bien parlé, gamin ! Je vais de ce pas prévenir les officiels !

INCROYABLE, AMIS RONGEURS !

Une fois obtenu l'accord des juges-arbitres, mes quatre athlètes s'apprêtèrent à entrer en piste.

La voix de Djibril Dribbling annonçait déjà au **MICRO** :

– Chers amis rongeurs, dans quelques minutes, les sélections pour l'épreuve de la course de relais vont commencer ! Tous les athlètes sont dans les **STARTING-BLOCKS**, mais l'équipe de Roc Beaufort manque à l'appel ! Participera-t-elle à la course ou non ?

Je serrai la patte de chaque relayeur, puis je leur dis :

– Courage ! Montrez-leur qui vous êtes !

– On ne te **décevra** pas, coach Stilton ! me répondirent-ils d'une seule voix, les yeux brillants.

Sous un tonnerre d'applaudissements, ils entrèrent alors en piste et prirent place dans leur couloir à côté de leurs adversaires.

Djibril commenta :

– Les voilà qui arriiivent ! Tout le monde est là à présent ! Mais oh, hé, attendez : les coureurs de Roc Beaufort sont pattes nues, amis rongeurs, c'est **STU-PÉ-FIANT** !

Une rumeur s'éleva dans les tribunes, tandis que les relayeurs de Castel Comté, incrédules, écarquillaient les yeux.

Entre-temps, le juge de course avait commencé le compte à rebours et…

Trois, deux, un… **PARTEZ !**

Djibril hurla, euphorique :
– Oui, ils sont partiiis ! Le premier relayeur de Castel Comté prend aussitôt la tête du groupe, suivi de près par Ragnar Pétochard : l'athlète n'a pas l'air de souffrir de l'absence de chaussures de course !
– Allez, Ragnar, ALLEEEZ ! hurlâmes-nous en chœur.
Djibril poursuivit :
– Les coureurs approchent de leurs coéquipiers ! Bientôt le passage de témoin, attention, c'est imminent, ils y sont presque, et…

NOOOOOOOOON !

… Ragotin Urbain a bien saisi le témoin, mais il vient de chuter à cause de la présence sur la piste… d'une FLAQUE D'HUILE ! Quelle malchance, les amis ! Roc Beaufort est maintenant à la traîne et Castel Comté reste en tête !

Je marmonnai entre mes dents :

– Courage, Ragotin, courage !

Sans faiblir, Djibril continua :

– On espère un deuxième passage de TÉMOIN sans nouvel incident ! Oui ? Non ? Et ouiii… Roc Beaufort, qui semblait dans les choux, effectue une remontée formidable jusqu'à se placer à la sixième place, quel courage !

L'**émotion** m'électrisait les moustaches !

– Dernière ligne droite de cette course palpitante ! reprit Djibril, essoufflé. L'équipe Castel Comté va-t-elle garder la tête ? Son passage de témoin est impeccaaable ! **OUIII, ILS VONT Y ARRIVER, LES AMIS !** Mais attendez ! Que se passe-t-il à l'arrière ? Le dernier relayeur beaufortin, témoin en patte, s'est élancé ! Dans un rabuleux **SPRINT**, il grille ses adversaires un à un… Raperlipopette, on dirait qu'il a des ailes ! Nous nous levâmes tous d'un bond.

– ***Allez, Goulven Goulafre, alleeez, couuurs !***

Incrédule, Djibril poursuivit :

– Quatrième place, troisième, deuxièèème… Goulven Goulafre est presque à la hauteur du coureur de Castel Comté, à quelques mètres de la ligne d'arrivée : 15 mètres, 10, 5…

J'étais littéralement **tétanisé** et le stade entier était en apnée !

Djibril conclut :

– Les deux athlètes…

FRANCHISSENT ENSEMBLE LA LIGNE D'ARRIVÉE, AMIS RONGEURS !

Pour connaître le nom du vainqueur, il faudra attendre le verdict des juges-arbitres !

Les vrais vainqueurs

Nous retînmes tous notre souffle, jusqu'à ce que Djibril annonce :

– Les juges ont décidé : pour quelques centièmes de seconde, les **VAINQUEURS** des sélections souristiques sont les relayeurs de… Castel Comté ! Bravooo ! Et nos félicitations à l'équipe classée deuxième, qui nous a offert un **GRAND MOMENT DE COMPÉTITION** !

Sous les applaudissements nourris des tribunes, les athlètes de Roc Beaufort nous rejoignirent sur le banc, un grand sourire sur le museau.

Ils n'avaient pas réussi à se qualifier, mais ils étaient **HEUREUX**, car ils avaient donné leur maximum.

Benjamin et Traqueline les accueillirent en piaillant :

– Bravo ! Vous avez été trop forts !

D'**émotion**, mon cœur battait la chamade : nous n'avions pas gagné, mais j'étais si fier de mon équipe que je ne pus retenir une LARMICHETTE !

Goulven Goulafre chicota :

– Grâce à ton aide, on s'est vraiment surpassés, coach Stilton !

– L'union fait la force ! ajouta Ragotin Urbain.

Au même moment, les coéquipiers de Castel Comté **se disputaient**.

– C'est moi le meilleur ! criait le premier relayeur.

– Pas du tout : c'est moi, bande d'abrutis ! hurlait un autre.

Certes, ils avaient gagné, mais ils n'étaient pas contents, bien au contraire... Ils semblaient remontés les uns contre les autres !

Grand-père Honoré rugit de bonheur :

– Notre plus grande VICTOIRE, c'est d'être unis !

Puis il ajouta :

– Où est passée Gerbille ? Il faut qu'on cause des détails de cette sponsorisation...

Par mille mimolettes, grand-père avait **raison** : que fabriquaient donc ma sœur et l'agente de l'équipe de Roc Beaufort ?

AVOUE, TÊTE DE REBLOCHON !

Alors que les Castel-Comtois s'avançaient vers le podium, deux voix furibondes et familières s'élevèrent en résonnant dans l'enceinte du stade…

– **Que le jury interrompe tout de suite cette cérémonie !**

Mille millions de mimolettes, c'étaient Téa et Gerbille ! Une fois obtenue l'attention de tous, Gerbille déclara :

– L'entraîneur de Castel Comté a **SABOTÉ** la course de l'équipe de Roc Beaufort !

Une rumeur sourde s'éleva du public, et l'un des athlètes castel-comtois cria :
– Comment osez-vous proférer ces ACCUSATIONS !
Téa ordonna :
– Djibril, lance les photos !
Sur les écrans géants apparut la silhouette d'un rongeur en imperméable rôdant dans les parages du stade de Roc Beaufort.
Gerbille commenta :
– Comme vous pouvez tous le voir, l'entraîneur porte aujourd'hui même un **imperméable** identique !
Je sursautai : voilà donc où je l'avais vu !
Une autre photo s'afficha à l'écran : deux empreintes de **semelles** similaires...
Téa expliqua :
– Le premier cliché a été pris au stade municipal de Roc Beaufort le jour du sabotage de la piste, le

second… il y a quelques minutes, lors du passage de l'entraîneur dans ce STADE-ci.

Le public grondait de plus en plus fort, mais il se tut quand Gerbille souleva un sac de sport. L'agente donna le coup de grâce :

– Et regardez ce qu'on a retrouvé dans l'un des casiers de l'équipe de Castel Comté !

Elle ouvrit le sac qui… *saprisouristi* contenait quatre paires de CHAUSSURES DE COURSE. Les nôtres, pour être précis !

Téa et Gerbille tempêtèrent d'une seule voix :

– Avoue, tête de reblochon ! Pourquoi t'es-tu comporté de manière aussi antisportive !

Les projecteurs éclairèrent tous les recoins du stade à la recherche de l'entraîneur félon et… oh, non ! Il était en train de s'enfuir, suivi de toute son équipe ! Mais c'était compter sans l'entraînement de Djibril Dribbling !

En quelques foulées, mon ami le rejoignit sans cesser son commentaire :

– Le coach véreux tente de se faire la malle ! Y parviendra-t-il ? Oui ? Non ? Eh bien, non, il est coincé ! Car voilà que le courageux chroniqueur lui BLOQUE le passage !

L'entraîneur s'écria :

– Bon, bon, bon ! Vous voulez savoir pourquoi j'ai fait tout ça ? Parce que... je déteste Roc Beaufort !

Quoiquoiquoi ?

La fripouille expliqua :

– Il y a des années, j'ai voulu entrer dans l'équipe d'ATHLÉTISME de la ville, mais je n'étais pas assez bon pour eux ! Alors je suis parti pour

Castel Comté, où je suis devenu entraîneur. Quand Roc Beaufort a décliné et que nous avons commencé à gagner, j'ai enfin tenu ma **revanche** ! Et puis ces jobards ont repris l'entraînement et ils ont progressé… Je devais les empêcher de triompher à nouveau !

Par mille munsters moisis, quelle canaille !

Le président du jury empoigna le micro et déclara :

– Les juges sont unanimes : Castel Comté est **ÉLIMINÉE** des sélections pour jeu antisportif. L'équipe qualifiée pour représenter l'île des Souris aux jeux Souristiques dans la catégorie « course de relais » est celle de… Roc Beaufort !

PAR MILLE MIMOLETTES !
NOUS AVIONS GAGNÉ !

Tandis qu'une clameur montait dans les tribunes, je restai bouche bée : je croyais **rêver** !

Plus émus que jamais, les athlètes me portèrent en triomphe en chantant :

– Pour les JS on est qualifiéééés !
Et tous ensemble on va gagneeer !
À jamais gravé dans nos cœuuurs,
Coach Stilton, c'est lui le meilleuuur !

La magie du sport

Quelques semaines plus tard, ma famille, mes amis et moi étions dans les tribunes pour assister tous ensemble à la magnifique cérémonie d'ouverture des **JEUX SOURISTIQUES** !

Benjamin exultait :

– J'ai hâte de voir nos amis de Roc Beaufort **représenter** l'île des Souris pour la course de relais !

Je lui souris, les moustaches frémissantes, en pensant que cette belle **AVENTURE** avait eu lieu un peu grâce à nous…
Car finalement, chers amis rongeurs, l'important, dans le sport, ce ne sont pas les médailles, mais l'engagement de chacun et la formidable magie du travail d'équipe ! Parole de Stilton,

Geronimo Stilton !

LA CÉRÉMONIE D'OUVERTURE DES JEUX OLYMPIQUES

*Elle commence par un spectacle chorégraphié dédié au pays hôte. Puis les délégations sportives de tous les pays participants défilent avec leur drapeau à l'intérieur du stade. Le **drapeau olympique** est alors levé et des **colombes**, symboles de fraternité et de paix, sont lâchées dans le ciel. Après le **serment olympique**, un **porte-flambeau** (dont l'identité est gardée secrète jusqu'au dernier moment) porte la torche jusqu'à la vasque, où il embrase la **flamme olympique** qui brûlera pendant toute la durée des Jeux. La cérémonie se clôt souvent sur de grands feux d'artifice !*

DIFFÉRENTS JEUX

*Outre les jeux Olympiques d'**été** et les jeux Olympiques d'**hiver**, il existe depuis 2010 des jeux Olympiques de la **jeunesse**.*

LES CINQ CERCLES OLYMPIQUES

*Sur le drapeau olympique figurent **cinq anneaux colorés et entrelacés** sur fond blanc, qui symbolisent l'union des **cinq continents**.*

HISTOIRE DES JEUX OLYMPIQUES

On appelle ces jeux « olympiques » en mémoire de ceux qui se déroulaient à ***Olympie****, en Grèce, il y a près de* ***trois mille ans****, en l'honneur du dieu* ***Zeus*** *: les meilleurs athlètes du pays s'affrontaient alors dans diverses disciplines. En 1896, le Français* ***Pierre de Coubertin*** *convainc une douzaine de pays d'organiser les* ***jeux Olympiques modernes****. Ils ont désormais lieu les années paires,* ***tous les quatre ans****. Des sportifs du monde entier se rassemblent dans un pays hôte et les compétitions se succèdent dans un climat de* ***paix*** *et de* ***fraternité****.*

LA FLAMME OLYMPIQUE

Elle symbolise la ***fraternité*** *entre les peuples. Tous les quatre ans, elle est allumée à Olympie, sur les ruines du temple de la déesse Héra. Des porteurs se relaient ensuite pour la transporter jusqu'au pays hôte.*

TABLE DES MATIÈRES

DANS LA MÊME COLLECTION

- **1** Le Sourire de Mona Sourisa
- **2** Le Galion des chats pirates
- **3** Un sorbet aux mouches pour monsieur le Comte
- **4** Le Mystérieux Manuscrit de Nostraratus
- **5** Un grand cappuccino pour Geronimo
- **6** Le Fantôme du métro
- **7** Mon nom est Stilton, Geronimo Stilton
- **8** Le Mystère de l'œil d'émeraude
- **9** Quatre Souris dans la Jungle-Noire
- **10** Bienvenue à Castel Radin
- **11** Bas les pattes, tête de reblochon !
- **13** Gare au yeti !
- **14** Le Mystère de la pyramide de fromage
- **15** Par mille mimolettes, j'ai gagné au Ratoloto !
- **18** Un week-end d'enfer pour Geronimo
- **20** Drôles de vacances pour Geronimo !
- **21** Un camping-car jaune fromage
- **22** Le Château de Moustimiaou
- **25** Le Temple du Rubis de feu
- **26** Le Championnat du monde de blagues
- **28** Champion de foot !
- **29** Le Mystérieux Voleur de fromage
- **30** Comment devenir une super souris en quatre jours et demi
- **33** Ouille, ouille, ouille… quelle trouille !
- **34** Le karaté, c'est pas pour les ratés !
- **35** L'Île au trésor fantôme
- **38** La Vallée des squelettes géants
- **39** Opération sauvetage
- **42** Mot de passe : Tiramisu
- **44** Le Secret de la momie
- **45** Qui a volé le diamant géant ?
- **49** Panique au Grand Hôtel
- **51** Neige en juillet, moustaches gelées !
- **52** Camping aux chutes du Niagara
- **53** Agent secret Zéro Zéro K
- **54** Le Secret du lac disparu
- **55** Kidnapping chez les Ténébrax !
- **56** Gare au calamar !
- **57** Le vélo, c'est pas pour les ramollos !
- **58** Expédition dans les collines Noires

60 La Nouvelle Star de Sourisia
61 Une pêche extraordinaire!
62 Jeu de piste à Venise
63 Piège au Parc des mystères
64 Scoops en série à Sourisia
65 Le Secret du karaté
66 Le Monstre du lac Lac
67 S.O.S. Souris en orbite!
68 Dépêche-toi, Cancoyote!
69 Geronimo, l'as du volant
70 Bons Baisers du Brésil
72 Sur la piste du Livre d'or
73 Alerte aux pustules bleues!
74 Faucon Rouge et poule mouillée
75 Adieu, maison chérie!
76 Opération panettone
77 Le Gang du chat géant
78 Le Mystère du rubis d'Orient
79 Finale de foot à Sourisia
80 Frousse dans la brousse!
81 Une souris à la mer!
82 Le Voleur de chocolat
83 La Nuit magique de Noël
84 Le Secret des patins d'argent
85 Joyeux anniversaire catastrophe!
86 Le Mystère du Papyrus noir
87 Le Gladiateur fantôme
88 Noël au pic du Putois
89 Le Mystère des sept matriochkas
90 Cambriolage à Madrid
91 Le Secret de Léonard de Vinci
92 Le Concours des super chefs
93 À la poursuite de l'Œil du Dragon
94 Le Trésor des Mayas
95 Mystère et Redingote

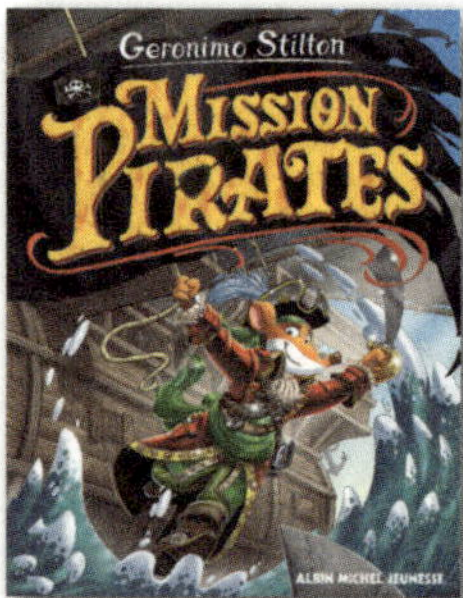

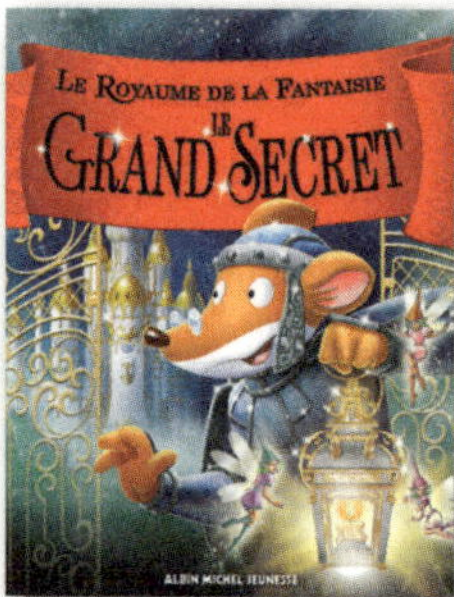

Le Voyage dans le temps

- L'Égypte, la Grèce, Naples et le Japon
- Cléopâtre, Gengis Khan, Élisabeth Ire d'Angleterre
- Les Mammouths, les Grecs, Léonard de Vinci
- Hélène de Troie, Attila, Charlemagne, Christophe Colomb et un bébé tricératops
- Napoléon, les Vikings, la Crète antique, le roi Salomon
- Alexandre le Grand, Cléopâtre, Francis Drake et Mozart
- Mission dinosaures
- Mission pirates

Le Royaume de la Fantaisie

Chevalier au Royaume de la Fantaisie
Le Royaume de la Fantaisie
Le Royaume des Sortilèges
Le Royaume des Rêves
Le Royaume de l'Horloge magique
Les Trésors du Royaume de la Fantaisie
Le Grand Secret

Énigme aux jeux Olympiques

Les Préhistos

1 Pas touche à la pierre à feu!
3 Des stalactites dans les moustaches!
4 Au trot, trottosaure!
5 Tremblements de rire à Silexcity
6 Un micmac préhistolympique!
7 Le Trésor de Piratrouk le Piraton
8 Peut-on adopter un bébé terriblosaure?
9 Écho du silex contre Radio-Ragot
10 Dans la lave jusqu'au cou!
11 Trottosaure contre huître géante
12 Poulposaure à bâbord!
13 Gare au gonfiosaure puant!

L'ÉCHO DU RONGEUR

1 Entrée
2 Imprimerie (où l'on imprime les livres et le journal)
3 Administration
4 Rédaction (où travaillent les rédacteurs, les maquettistes et les illustrateurs)
5 Bureau de Geronimo Stilton
6 Toit avec jardin biologique

1
2
3
4
5
6
7
8
9
10
11
12
13
14
15
16
17
18
19
20
21
22
23
24
25
26
27
28
29
30
31
32
33
34
35
36
37
38
39
40
41
42
43
44
45
46

SOURISIA, LA VILLE DES SOURIS

1. Zone industrielle de Sourisia
2. Usine de fromages
3. Aéroport
4. Télévision et radio
5. Marché aux fromages
6. Marché aux poissons
7. Hôtel de ville
8. Château de Snobinailles
9. Sept collines de Sourisia
10. Gare
11. Centre commercial
12. Cinéma
13. Gymnase
14. Salle de concerts
15. Place de la Pierre-qui-Chante
16. Théâtre Tortillon
17. Grand Hôtel
18. Hôpital
19. Jardin botanique
20. Bazar des Puces-qui-boitent
21. Maison de tante Toupie et de Benjamin
22. Musée d'Art moderne
23. Université et bibliothèque
24. La Gazette du rat
25. L'Écho du rongeur
26. Maison de Traquenard
27. Quartier de la mode
28. Restaurant du Fromage d'or
29. Centre pour la Protection de la mer et de l'environnement
30. Capitainerie du port
31. Stade
32. Terrain de golf
33. Piscine
34. Tennis
35. Parc d'attractions
36. Maison de Geronimo Stilton
37. Quartier des antiquaires
38. Librairie
39. Chantiers navals
40. Maison de Téa
41. Port
42. Phare
43. Statue de la Liberté
44. Bureau de Farfouin Scouit
45. Maison de Patty Spring
46. Maison de grand-père Honoré

ÎLE DES SOURIS

1 Grand Lac de glace
2 Pic de la Fourrure gelée
3 Pic du Tienvoiladéglaçons
4 Pic du Chteracontpacequilfaifroid
5 Sourikistan
6 Transourisie
7 Pic du Vampire
8 Volcan Souricifer
9 Lac de Soufre
10 Col du Chat Las
11 Pic du Putois
12 Forêt-Obscure
13 Vallée des Vampires vaniteux
14 Pic du Frisson
15 Col de la Ligne d'Ombre
16 Castel Radin
17 Parc national pour la défense de la nature
18 Las Ratayas Marinas
19 Forêt des Fossiles
20 Lac Lac
21 Lac Laclac
22 Lac Laclaclac
23 Roc Beaufort
24 Château de Moustimiaou
25 Vallée des Séquoias géants
26 Fontaine de Fondue
27 Marais sulfureux
28 Geyser
29 Vallée des Rats
30 Vallée Radégoûtante
31 Marais des Moustiques
32 Castel Comté
33 Désert du Souhara
34 Oasis du Chameau crachoteur
35 Pointe Cabochon
36 Jungle-Noire
37 Rio Mosquito
38 Port-Croûton
39 Port-Souris
40 Port-Relent
41 Port-Beurk
42 Roquefort
43 Sourisia
44 Galion des chats pirates

1
2
3
4
5
6
7
8
9
10
11
12
13
14
15
16
17
18
19
20
21
22
23
24
25
26
27
28
29
30
31
32
33
34
35
36
37
38
39
40
41
42
43
44

AU REVOIR, CHERS AMIS RONGEURS,
ET À BIENTÔT POUR DE NOUVELLES AVENTURES.
DES AVENTURES AU POIL,
PAROLE DE STILTON, DE...

Geronimo Stilton